Y EL TIEMPO
NO PASÓ

Y EL TIEMPO
NO PASÓ

RENATO BETTIO

ola
PUBLISHING
INTERNACIONAL

Hola Publishing Internacional
Eugenio Sue 79, int. 4, Col. Polanco
Miguel Hidalgo, C.P. 11550
Ciudad de México, México

Primera edición, marzo 2025
ISBN: 978-1-63765-741-6
Número de control de la Biblioteca del Congreso: 2025900167

Hola Publishing Internacional es una editorial híbrida comprometida a ayudar a autores de todo tipo a alcanzar sus metas de publicación, ofreciendo una amplia variedad de servicios. No publicamos contenido que sea política, religiosa o socialmente irrespetuoso, ni material sexualmente explícito. Si estás interesado en publicar un libro, visita www.holapublishing.com para más detalles.

Y dice el lector,
"Me encantaría leer el libro
más bello de la tierra".

Y dice el autor, humildemente,
"Me encantaría que este libro te diera
un ápice de lo que esperas".

Con aprecio.
Con gratitud por leer este libro.

Índice

Capítulo I

DE UN DÍA CUALQUIERA

Después del accidente las cosas empezaron a cambiar entre Rosa Irene y Pablo Armando. Los cambios no se hicieron obvios sino hasta el momento en que los dos decidieron enfrentarlos y corregir las diferencias antes de proseguir el camino. Tales cambios se referían a la dirección que deberían seguir. La dirección había sido acordada años antes del accidente, pero el suceso los había obligado a discutir pequeños tropiezos que, en realidad, no requerían una solución.

Las circunstancias les indicaron una tarde de julio para emprender el viaje. La memoria trazaba las rutas específicas que deberían seguir; así se acordaron de los viejos catálogos que describían principales amenidades de tal o cual país, de tal o cual ciudad. Revisaron los puntos que ansiaban visitar y notaron, antes de dar el primer paso en lo que duraría para siempre, que el catálogo del viaje, el itinerario, tenía anotado en una de sus esquinas: <Dejad aquí el ahora y el tal vez y el posible>.

No era necesario ya volver a discutir el día, la hora, y aun el segundo que deberían escoger para empezar su camino, ellos ya entendían que, al instante trazado para iniciar la marcha, sólo podría haber entre ellos un absoluto y común acuerdo de que el elegido camino era el correcto. Y lo sería por todo el tiempo que fuera necesario, hasta que enfrentasen el drástico cambio de rumbo que el destino iba a señalarles.

Había un indeleble lazo entre Irene y Pablo: el común aprecio al arte. Tanto así que se habían conocido en una exposición de arte abstracto en el Palacio de Bellas Artes, ofrecido por una galería de la ciudad. Se volvieron a ver en un concierto de piano por artistas nacionales, auspiciado por un convento colonial en las afueras de la ciudad. De ahí nació la amistad que terminó en noviazgo y, eventualmente, en vidas entrelazadas. Pensaban casi igual, por lo que, al momento de decidir el siguiente paso en su marcha, la respuesta fue compartida e inmediata:

—¡El Louvre de París!

Siempre se habían preguntado, con la inquietud de quien quiere adivinar la intención del artista plasmada en sus obras de arte, ¿cuál fue la razón de la enigmática sonrisa de La Gioconda?, ¿tenía o sabía esa dama algo secreto y sagrado del genio que la usó como modelo?

Tomados de la mano recorrieron los vetustos corredores del museo, empezando por las antigüedades del sótano. Se miraron uno al otro cuando volvieron a leer las palabras cinceladas en la negra roca que estipulaban las leyes de Hammurabi. De alguna manera inexplicable, entendieron el antiguo lenguaje babilónico en el que se había escrito el código y sus leyes y eso les llenó de sorpresa, pero también de satisfacción. Igualmente, y usando la piedra de Rosetta de Ptolomeo, entendieron el significado de los jeroglíficos egipcios pintados en las paredes de las tumbas y en los sarcófagos de los faraones. Subieron corriendo los estrados hasta alcanzar el nivel que alberga las pinturas más preciadas del mundo y en un instante estuvieron frente a la vitrina protectora que resguarda la famosa pintura de La Gioconda.

La miraron a los ojos y descubrieron ahí una imagen reflejada que era, hasta ese momento, irracional e incomprensible: el pintor estaba desnudo. Se volvieron a mirar uno al otro y asintieron con la cabeza, acordando para sí que el secreto jamás se revelaría a ninguna otra criatura que no estuviera en el mismo nivel de consciencia que ellos.

Salieron presurosos del inmenso museo y decidieron visitar la Avenue Des Poètes en el *6th arrondissement* (sexto barrio de París). Entraron a un pequeño café-bar y ocuparon un rincón con dos pequeñas sillas y una pequeñísima mesa. Los recuerdos entraron en sus mentes y revivieron los tiempos maravillosos de su juventud, cuando vivieron en París como estudiantes, como vagos fértiles, visitando los café-bares en las callejas de París y sintiendo el entrañable efecto que artistas de antaño han impregnado en la inmutable atmósfera de la ciudad más bella del mundo. Sonrieron y se besaron en las manos, como queriendo decir "sí, sabemos que aún estás aquí y nuestro respeto a tu arte y a tu genio es profundo e inacabable".

Salieron del cafetín buscando el Siena y la Isla de París. Había una estructura que necesitaban admirar de nuevo: la Catedral de Notre Dame había sido destruida parcialmente por un voraz incendio. Lienzos y pinturas sin precio y sin paralelo se perdieron para siempre. ¿Quién podría duplicarlos y restablecer su historia?

Contemplaron los atrios vacíos, las capillas cubiertas de hollín, docenas de agentes y voluntarios tratando de rescatar lo que se pudiese rescatar; la pesadumbre envolvió sus conciencias. Admiraron, otra vez, el antiguo esplendor inmaculado de la famosa catedral: cada ángulo de las cúpulas, cada semblante de las valiosas pinturas, ahora chamuscadas, se repetían sin parar en sus memorias.

Salieron del edificio con la tristeza en sus semblantes. En una balaustrada que adorna la ribera del Siena, se detuvieron un instante y fijaron su siguiente rumbo en dirección al sur, a la vieja España. Su viaje al sur obedecía a un común deseo de experimentar la felicidad de un día feliz en una ciudad feliz.

Llegaron a Barcelona un día que parecía de fiesta, aunque en La Rambla de Barcelona todos los días parecen de fiesta. La multitud que llenaba las calles exudaba en su actitud y sus sonrisas el gozo de estar ahí, en un día luminoso que el benevolente sol esparcía sobre los afortunados transeúntes. De repente, sin avisar siquiera, a la vuelta de una esquina divisaron la ominosa figura de una enorme furgoneta blanca que a toda velocidad arremetía en contra de los peatones, quienes hacían lo imposible para apartarse de la embestida criminal que mostraba la clara intención de arrollar al mayor número posible de los que caminaban en la calle.

Con espanto vieron a la furgoneta alcanzar a una niña de unos doce años de edad, la vieron desaparecer debajo del vehículo, ser despedazada por una de las llantas. Contemplaron al criminal que conducía la furgoneta abrir con rapidez la portezuela del vehículo, que había chocado con la pared de una tienda de ropa, y trataba de escapar de la escena de su crimen, abriéndose paso a puñetazos y empujones en contra de los que trataban de detenerlo.

Después de revelarse en contra de la impotencia por no haber sido capaces de evitar tal salvajismo, se sentaron en una de las bancas en la acera afuera de un cafetín y vieron pasar enfrente de sus ojos la inmensa sombra de la muerte que envolvía el cuerpo inerte de la niña, expiando así la infamia de los hombres. Más aún, en ese momento supieron que el criminal venía de una tierra distante y que los gobiernos español y catalán le habían abierto las puertas para darle oportunidad a que rehiciese su vida de pordiosero dándole trabajo, albergue y sustento. ¡Así pagaba ese extranjero las bondades recibidas: trayendo con él las sombras de la muerte! ¡Así expresaba el harapiento tramador de una venganza sin motivo, todo el odio acumulado por años de aprendizaje en las oscuras escuelas de la muerte de su país! ¡Así vivía el rencor y malagradecimiento de esta piltrafa en contra de aquellos que lo recibieron con cariño!

Haber presenciado el trágico espectáculo le cargó un peso abrumador a sus espíritus y decidieron viajar a un lugar apacible y contemplar el mar; las regiones de Galicia, Asturias y Santander se prestaban para ello.

Llegaron al Principado de Asturias al atardecer, con el sol reflejándose en los embalses rocosos cercanos a

Pola de Somiedo, pueblecito encantador en cuya entrada, dándole la bienvenida a los viajeros, se divisan los preciosos y típicos graneros de madera labrada, representativos del norte de Iberia.

De ese pueblecito habían salido unos antepasados de Pablo Armando. Recorrieron sus callecitas y se deleitaron con el sonido del cristalino río bajando de la montaña y cruzando el pueblo en pequeñas cascadas. Continuaron hacia el norte, rumbo al mar. Al llegar a esa brava costa, se sentaron en un rocoso puesto de vigía para contemplar el Cantábrico.

Por sus mentes pasaron escenas de viejas batallas marítimas que habían ocurrido en ese mar a través de los siglos; tribu contra tribu, nación contra nación, hermano contra hermano... pero una batalla en especial les impactó en el espíritu: vieron venir y luego desembarcar, del norte, viajando en estrechas naves de madera con escudos circulares en sus flancos, sus popas mostrando cinceladas figuras de bestias fantásticas, a hombres altos y rubios, haciendo trizas con sus hachas de guerra a todo aquel que se opusiera a su paso.

La invasión se detuvo al este de Santander y gracias a la voluntad y resistencia del vasco antiguo, señor de las montañas, defensor de su dios y de sus leyendas y de sus leyes viejas, *Jaungoikoa eta lege zaharra*[1], el vasco legendario y prolífico en donde se nutre el apellido

---

[1] Dios y la ley vieja.

de los campos de heno, cuna de viajeros pobres pero intrépidos que atrás dejaron sus montañas y pusieron la vista en la esperanza, allá lejos, siguiendo el caminar del sol hasta las tierras inmensas y benditas de América.

Satisfechos de haber seguido su camino por ese rumbo, bajaron hasta La Rioja para divisar y seguir el camino de las peregrinaciones hacia el bello Santiago de Compostela. Se quedaron en la bella ciudad por largo tiempo, no supieron cuánto les tomó el mezclarse con la gente que inundaba su centro milenario de arcos y columnas construidos por artistas que se llevaron sus secretos a la tumba.

Santiago estaba de fiesta. Era el centro de reunión del Festival de los Celtas, el más grande festival en la Europa continental, que hacía honor a la antiquísima raza de los celtas, gente que pobló esas regiones del norte de España. Se veían por doquier hombres robustos con zapatillas de cuero y gruesas medias de lana afianzadas con decoradas agujetas de cuero, al igual que hombres vistiendo, en lugar de pantalones, faldas de cuero o de lana mostrando vistosos caracteres exclusivos de sus pueblos y sus montañas. De sus cinturones colgaban pequeñas botas de cuero que contenían sabroso vino; sus blancas camisas estaban protegidas por chalecos de cuero o de lana que también aducían a su región, su pueblo, su montaña; cubriendo sus cabezas, boinas o bonetes de lana con zurcidos de escudos o emblemas indicando su región, su estirpe, su lejano origen.

De repente se veían venir grupos de viriles muchachos y bellísimas niñas y muchachas con sus vestuarios mostrando emblemas, zurcidos y figuras típicas y exclusivas de sus aldeas, bajando de sus montañas hacia Santiago, marchando alegremente al compás y a los sones de sus gaitas. ¡El orgullo de ser celta se desparramaba por los aires! Al unísono, el gallego, el asturiano y el santanderino le dictaban al mundo que su tradición, su festival y su querencia estaban ahí para quedarse.

La paz interior de la inmensa Catedral de Santiago les calmó la zozobra y profunda tristeza que traían desde La Rambla. De ahí salieron buscando entrar a Portugal por vía de Orense y la Parroquia de Piuca. La tranquilidad de la región les hizo cambiar los deseos y decidieron continuar siguiendo la dirección del río Tajo para así poder sumirse en las callejas del incambiable Toledo, la primera capital de Iberia.

Arribaron un día cualquiera. La vieja historia de la ciudad se adivina en las tumbas prehistóricas de sus primeros habitantes, pero también en las turbulencias que producen las guerras.

Entraron al alcázar, escena de actos heroicos como también de increíbles crueldades. Volvieron a presenciar el paso de los años y las risas y llantos de los que cimentaron el nombre y la gloria de Toledo en la memoria de los hombres: sitio de coronaciones y torturas, sitio en donde se forjó el acero que hizo más grande el mundo, sitio en donde está plasmado en los lienzos el increíble genio de el Greco. Por no poder llorar ni reír, se abrazaron un instante en señal de entendimiento.

La distancia a Sevilla y Cádiz estaba "ahí nomás". El salto a la inmensa América estaba "ahí nomás".

De inmediato acordaron llegar al sur de Iberia, a los sitios que presenciaron el coraje del hombre unido al sueño de conquistar lo desconocido. Vieron, en el viejo Puerto de Palos, la salida de tres embarcaciones de madera y velas que semanas después traerían al mundo la increíble noticia de que "no hay abismos al final del horizonte", que "el mundo es redondo" y que "antes de ocultarse el sol en el poniente de las horas ilumina el hallazgo de algo imposible de imaginar o describir con palabras: un mundo nuevo, aún sin nombre, aún sin mancillar…".

De Iberia cambiaron su dirección al norte de Europa que un poco misterioso, un poco aislado del mundano trajín en las noticias, estaba pasando por momentos angustiosos para una población en particular: Ucrania. Este país, de tradiciones milenarias, había sido invadido por el emperador de las nieves eternas de Siberia. La destrucción de ciudades y la crueldad del invasor en contra de la humanidad ucraniana era el testimonio de que persiste en el hombre el inacabable deseo de dominar al otro hombre, el que vive a la vuelta de la esquina, el que habla diferente, piensa diferente, busca horizontes diferentes. Esa crueldad desatada sobre Ucrania les reiteraba el antiguo proverbio, *"Homo homini lupus"*[2].

La visita a Ucrania de Pablo Armando y Rosa Irene fue una experiencia brutal para sus conciencias. Los cuadros de inaudita destrucción a ambos lados de las inacabables calles, los diarios enterramientos de los caídos por los efectos de los balazos, cañonazos, misiles, drones o aplastamientos por los tanques invasores eran demasiado perversos para sostenerlos un instante más en sus conciencias. ¡Cómo deseaban salir de ahí lo antes posible!

¿De dónde pudo haber salido tanto odio en contra de otro ser humano con idénticas raíces culturales, tradiciones, raza y más aún, religión, de parte de aquel que quiere quitarle la vida?

La ruta hacia el oriente de Europa era necesaria para hacerles entender el porqué de la incesante beligerancia que había ya cobrado medio millón de muertos de dos países rivales, pero hermanos.

La insolencia de los malvados no puede concebirse en las conciencias de los que nunca imaginaron

---

[2] "El hombre es el lobo del hombre".

dañar a un semejante. Por esa razón Pablo Armando y Rosa Irene decidieron salir de Ucrania y regresar a América. Pero antes de realizar el salto a la inmensa América tendrían que atravesar los parajes del África y del Asia.

Testigos de una pobreza inverosímil, de un constante conflicto entre sus gentes, pero también de una enorme y palpable esperanza fue su paso por las selvas y desiertos del continente en donde la vida encontró la encrucijada de seguir como simios o atreverse a vislumbrar un destino distinto, un presagio que eventualmente culminó en la belleza del poema que adivina el universo y lo define en el círculo final del pensamiento; el lenguaje del hombre, el discernimiento del hombre, la osadía del hombre: la aparición del Homo sapiens sobre las galaxias.

La inmensidad del continente asiático requeriría un poco de tiempo para recorrerla. Al ir avanzando por los diferentes países con sus inigualables culturas, notaron que sus líderes, dictadores o electos libremente por la voluntad de sus pueblos, manifestaban un especial cariño a sus mascotas, pues casi todos ellos tenían un caballo, un perro o un gato en sus residencias o propiedades que alegraba los días al gobernante al igual que a sus familiares. Parecía que la vida de la mascota era más valiosa que la vida de un ser humano en la estimación del tirano dictador o el presidente electo. Tal contraste resaltaba en la conciencia de Pablo y de Rosa: ¿cómo era posible que una mascota recibiese más atención y cuidado, en su breva vida, que un ser humano vecino? Es irracional concebir que la vida de una mascota tenga más valor que la vida de un niño o de un anciano, era inconcebible que se destruyera la vivienda de miles de seres humanos y se protegiera la vivienda de una mascota. Aun así, se representaba a los dictadores cuidando con esmero a sus animales para pintarlos como personas amables, nobles y caritativas y disminuir la noción de perversos que tal o cual país podría tener sobre ellos.

(Nuestras mascotas son parte importante de nuestras vidas y merecen todo el amor y cuidado cuando están con nosotros, pero es de hipócritas usarlas de propaganda y dictarnos un falso reporte con la intención de ocultar perversidades hechas en contra de nuestros hermanos, los seres humanos de este hermoso planeta.)

Una inmediata preocupación llenó sus conciencias al ir cruzando el Asia: inmensas líneas de soldados azuzados por el ansia infinita de arrebatar un palmo más de tierra. ¿Quién iba a dar la orden de matar al hermano, de atravesar el mar y eliminar las vidas en las casas vecinas? Lo infructuoso de tal deseo era temible y temido, en cualquier momento podía sonar la trompeta que anuncia los ataques, el desastre cimero que conduce a la muerte.

No pudiendo detener su angustia, cerraron los ojos, y es posible que dijeran una oración en favor de la paz, en favor de la vida.

Capítulo II

EL ACCIDENTE

Su salto hacia América fue impreciso, pues los recuerdos aún estaban frescos en sus almas. Revivían los momentos anteriores al accidente y las circunstancias que atravesaron antes de conocerse.

Rosa Irene trabajaba como directora de una fábrica de pinturas y era la traductora de los documentos en inglés que la fábrica recibía de clientes extranjeros, quienes preferían sus pinturas por la reconocida calidad de sus exclusivas fórmulas. Diez años de esforzado trabajo en la sección de contaduría de la fábrica le habían ganado la confianza de los propietarios y el nombramiento de Directora general. Sumada a su trabajo estaba su dedicación, pues conocía en detalle todas y cada una de las fórmulas usadas para preparar las diferentes clases y colores de pinturas, la pintura preferida por un sinnúmero de arquitectos, constructores y almacenes del país, y, por los últimos cuatro años, por los comerciantes extranjeros que exigían las mejores cualidades en las pinturas que compraban.

A sus treinta y siete años de edad, Rosa Irene gozaba de una posición económica estable que le permitió adquirir un precioso apartamento en una zona privilegiada de la ciudad. Escogía sus amistades con mucho cuidado y después de cierto tiempo de analizar y observar sus conductas, cualidades personales, interés en la cultura de los pueblos y, sobre todo, sus inclinaciones a los vicios que siempre acaban por destruir relaciones interpersonales o el espíritu de aquel que ha sido dominado por el vicio.

Dos pretendientes sobresalían en su pequeño círculo de amistades. Uno de ellos era Rogelio Itzcalbalzeta Guillén, vástago de una familia asentada en la región central del país, cuyos abuelos habían sido industriosos señores, iniciadores de fábricas que empleaban a docenas y, a veces, a centenares de obreros. Su fortuna, adquirida con honradez y tesón en el trabajo, les hizo merecedores del respeto y agradecimiento de los que llegaron a conocerlos y a recibir favores de sus manos dadivosas. Rogelio no había adquirido la enjundia de sus antepasados y terminó el bachillerato con dificultades, y una Licenciatura en Economía ayudado por permanentes tutores. Sus afilados rasgos atestiguaban su origen vasco, y sus maneras de dirigir su vida afirmaban una niñez típica del consentido y acostumbrado a pedir y a recibir. Era subgerente en una de las empresas fundadas por su padre y su tío. Su vida no conocía sobresaltos y su interés por Rosa Irene era más superficial de lo que aparentaba. En algún momento Rosa Irene le había llamado "moscardón" por su insistencia en ofrecerle prendas que no le interesaban lo más mínimo.

Rogelio recibió el llamado de su indiscreción con una afable sonrisa y prometió ser más cauteloso en sus tratos con ella. De cualquier manera, Rosa Irene guardó en su interior el desfavorable sentimiento que le había nacido hacia él.

El otro señor que estaba interesado en acercarse a Rosa Irene era José Damián Abreu, un taciturno que había iniciado una pequeña fábrica de ventanas y marcos de aluminio y que, gracias al auge en las construcciones de casas y edificios en la creciente y pujante ciudad, había prosperado lo suficiente para asociarse con una compañía constructora con agencias en dos o tres ciudades del interior del país.

Conoció a Rosa Irene unos dos años antes del accidente, cuando representantes de la compañía constructora tuvieron una cita con ella para finalizar un contrato por cierta cantidad de pinturas para uno de los edificios que la compañía dirigía. Abreu fue invitado a la reunión y luego a una cena para celebrar la firma de los contratos.

La amistad entre Abreu y Rosa Irene creció después de esos dos encuentros y floreció hasta el momento en que decidieron formalizar un noviazgo. El despechado Rogelio no mostró recelos y felicitó a los dos por su nuevo paso al futuro.

Las cosas iban bien entre Abreu y Rosa Irene hasta el día en que Abreu le comunicó que la compañía constructora quería abrir una fábrica de ventanas y marcos de aluminio y madera compuesta en una de las ciudades en donde tenían una sucursal, para así ahorrar en los intermediarios y proveer a los empresarios, dueños de los edificios por construir, un producto de calidad, manufacturado en la misma ciudad. La compañía propuso que Abreu se mudara por un tiempo a dicha ciudad para establecer la fábrica con toda propiedad.

Rosa Irene recibió la noticia sin mostrar la preocupación que le originó. La ausencia iba a requerir de seis meses a un año y se prometieron estar en contacto frecuentemente, pero eventualmente los contactos empezaron a ser menos frecuentes y terminaron cuando Abreu le comunicó a Rosa que había conocido a una señorita en la ciudad que era ya la residencia de Abreu, y que el interés era mutuo, y que la señorita era de una familia excelente, y que la señorita gozaba de una educación esmerada e inigualable, y que los dos tenían el mismo aprecio por los deportes, y que etc., etc., etc. Así terminó la amistad de Rosa Irene con el taciturno Abreu.

En años diferentes, Pablo Armando y Rosa Irene habían vivido en París como estudiantes. Rosa Irene era la única hija de un próspero emigrante español, nacido en las afueras de Zaragoza, que había empezado su negocio como vendedor de pequeñas máquinas para analizar muestras de sangre. Ahorraba todo lo que podía hasta el punto de sacrificarse en su vestir y en su alimentación. Alcanzó cierto prestigio como vendedor de tales analizadores y, con la intrepidez que lo caracterizaba, abrió una pequeña sucursal en la segunda ciudad más importante del país y, en unos cuantos años de trabajo arduo, inteligente y honrado, llegó a obtener la franquicia exclusiva para importar los analizadores que, eventualmente, fueron bases en los laboratorios de hospitales, clínicas y oficinas particulares de médicos. Su fortuna le permitió enviar a su hija, Rosa Irene, a estudiar a París, en los conocidos cursos de verano que universidades parisinas ofrecían para estudiantes extranjeros.

La joven Rosa Irene ocupaba su tiempo más en vagar por la inmensa ciudad que en estudiar cursos inútiles como El Arte Culinario de Francia, La Historia Inédita de la Revolución Francesa, La Evolución del Arte Abstracto en Francia y Europa, y otros similares que aburrían aún a los mismos profesores. Sí aprendió un poco, y más que nada, del idioma francés, en los tres años consecutivos que su padre se ocupó en invertir el dinero para educar a su adorada hija en un país maravilloso, pero distante a su vigilancia.

Todo terminó cuando don Alejandro, el padre de Rosa Irene, sufrió una ruptura esofágica a consecuencia de una úlcera péptica producto de años de zozobra, preocupaciones y ansias incalculables por prosperar y salir adelante. Poseedor de un carácter noble pero férreo e inmutable, forjado por los años de infancia y juventud vividos en épocas peligrosas de disturbios políticos empujados por ideas discordantes que le obligaron a buscar refugio en tierras distantes, sólo obedecía a su instinto de superar cualquier dificultad que tuviese que enfrentar y, siendo así, ignoró los primeros síntomas de dolor en el pecho, que trató de calmar con sobredosis de antiácidos.

Su fallecimiento produjo un estado desastroso en el ánimo de Rosa Irene, estados de depresión que, finalmente, fueron controlados con acertados medicamentos que volvieron a impartirle el necesario optimismo para vencer la tristeza y el enorme vacío que producen las ausencias de nuestros seres queridos. Rosa Irene pudo terminar la Licenciatura en Mercadeo y una Maestría en Tarifas y Proyecciones Monetarias, con cursos especializados en Regulaciones de Importación/Exportación, ofrecidos por las grandes instituciones bancarias de América y Europa. Con este currículo y su natural inteligencia y tozudez en el trabajo, le fue más fácil que difícil llegar a ser gerente de la importante fábrica de pinturas que ahora dirigía.

Por su parte, Pablo Armando llevaba también una vida de altibajos en su profesión y en sus relaciones interpersonales. Se graduó de arquitecto en la Universidad Nacional y obtuvo una Maestría en Diseño y Resistencia de Materiales. Era el Director de la sección de diseño en una firma de arquitectos cuyas obras arquitectónicas eran innumerables en la ciudad. Pablo Armando se amoldaba, a regañadientes, a las exigencias de los propietarios de la firma, que gustaban de proyectar líneas futurísticas en sus edificios, no en conformidad con Pablo Armando que insistía, lo más frecuente que podía, en insertar líneas clásicas en los proyectos que se le asignaban, pues, según él, "lo clásico nunca pasa de moda".

Esta actitud le había ya ocasionado dificultades con los principales directivos de la firma que, aunque lo apreciaban muchísimo por haber traído a la empresa una proyección del diseño único y reconocido en el país, no podían permitirle que impusiera sus deseos sobre los deseos de los dueños de los edificios para cuya construcción la firma de arquitectos había sido contratada. Por esto habían encontrado una componenda feliz: los diseños clásicos se dejarían para las construcciones pequeñas, como casas y edificios de ciertas dimensiones para los cuales los dueños no habían exigido un estilo modernista. Esto calmó a Pablo Armando, quien ya había contemplado renunciar y buscar otro trabajo que fuera más acomodaticio a sus visiones como arquitecto.

Su vida privada también tenía altibajos. Su novia, Leticia Navarro de Cáceres, era una muchacha privilegiada, ofuscada por las letanías estériles del círculo social que frecuentaba con otras amigas que, como ella, tenían idéntica actitud ante la vida: pasarla bien, crear desmadre cuando fuese oportuno, y empaparse de las conversaciones de moda; "Pues sí, chulis, Jorge Montenegro, el nuevo galán de la telenovela *El gallinazo de Cujitalpa*, lo han visto con Mariquita de la Vega en una situación comprometida que probablemente será la razón para divorciarse de su esposo, el compositor Avendaño Henríquez".

Leticia se movía en un círculo de amigas, unas con títulos universitarios y otras diplomadas en áreas con poco significado para las dificultades de la vida diaria, tales como Cosmetología con Cursos Avanzados en Cremas Rejuvenecedoras, dado por el Instituto Francés de Maquillaje y Peinado para Actrices. Por lo general, sus ideas eran extrañas e irrisorias. Así, la psicóloga del grupo sostenía que irse al cielo significaba "crear desmadre con los elegidos a gozar de ese paraíso y por mucho, mucho tiempo". De manera similar, la herbatóloga del grupo juraba por los extraordinarios efectos curativos del reconocido aceitito de capulín que iban a curar desde los catarros inocuos hasta los cánceres avanzados, incluyendo casos intermedios tales como enderezar juanetes y devolverles la voz a los sordomudos.

El círculo de amigos y amigas de Leticia también incluía a ciertos médicos que eran más fanfarrones y farsantes de lo que parecían. Algunos, después de terminar sus estudios en la facultad, se iban por unas dos o tres semanas a un cursillo o simposio sobre enfermedades hematológicas o un cáncer específico en algún hospital de Texas y regresaban al país declarándose oncólogos o hematólogos sin poder demostrar que habían terminado con éxito los requeridos y rigurosos seis años de estudios en la subespecialidad de Hematología y Oncología Médica. Algunos se declaraban investigadores y publicaban artículos sobre los beneficios no corroborables del extracto de la planta pie de alacrán, capaz de curar el cáncer de próstata y regenerar la libido después de tres o cuatro dosis, en venta exclusiva por el autor del artículo. Su desfachatez era tal que, si algún enfermo incauto llegaba a consultarles para buscar tratamiento para su padecimiento, se inventaban otras enfermedades no existentes para venderle al pobre incauto paciente medicinas caras que estaban próximas a su fecha de vencimiento con el falaz resultado de que la enfermedad real avanzaba y a veces terminaba en cuadros irreversibles o fatales.

Su mercenarismo e impunidad eran una desgracia y vergüenza para la noble profesión de la medicina, pero Leticia era feliz frecuentando tal círculo de amistades cuyas conversaciones se centraban siempre en lo fútil. Tal ocio en los días de Leticia terminaba, casi siempre, experimentando estados de euforia usando las consabidas pequeñas cantidades de esta o aquella droga. Poco a poco, las "pequeñas cantidades" fueron aumentando, así como los requerimientos económicos para obtener las necesarias drogas que exigía la adicción de Leticia para que alcanzase el estado de satisfacción que la apartaba de una realidad sin dirección, sin impulso para ayudar a los demás, para servir de algo a los seres que ella veía pasar por el torbellino de su vida.

Enfrentando esta situación, Pablo Armando esperó el momento oportuno para comentar con Leticia lo que estaba ocurriendo o, más bien, impidiendo que su noviazgo continuase de una mejor manera.

Leticia se mantuvo firme en su postura, negando que ella estuviese usando cualquier estupefaciente, e inculpó a Pablo por la falta de atención que últimamente le estaba demostrando. Pablo terminó la conversación invitándola a que salieran juntos a algún sitio, invitación que fue contestada con una negativa.

Pablo se marchó, él solo, a escuchar un concierto de piano al que le interesaba ir, pues se iba a realizar en un convento colonial que había admirado cuando empezó sus estudios de arquitectura.

Unas semanas antes de ese concierto, en una exposición de arte abstracto en el Palacio de Bellas Artes en donde presentaban obras de Van Gogh, Pablo había hecho un comentario sobre una de las pinturas a una muchacha que también estaba admirando las obras del excéntrico Van Gogh. Ese comentario precedió a una cordial invitación de Pablo para tomar un refrigerio en la pequeña cafetería que el palacio tiene en su planta baja para deleite de los asistentes a sus exposiciones o funciones teatrales.

La conversación entre los jóvenes fue animada y cordial, pues se enteraron de que ambos habían estudiado en París. Pablo hizo notar que uno de sus cursos había sido sobre la evolución de la arquitectura en Francia, y la muchacha mencionó que uno de sus cursos había sido sobre la evolución del arte culinario en Francia. Se acordaron de las bromas que los parisinos hacen sobre su famoso metro y el disgusto de saber que ciertos restaurantes ofrecen en su menú carne de caballo. Se despidieron sin anticipar un futuro encuentro.

Como se mencionó, Pablo llegó solo al concierto de piano. Antes de comenzar el concierto, Pablo reconoció a la muchacha, Rosa Irene, que había conocido en la exposición de obras de Van Gogh. Se aproximó a ella y ella lo saludó amablemente y lo invitó a que se sentase junto a ella, pues su compañero, Abreu, estaba fuera de la ciudad.

Gozaron en silencio del magnífico concierto y, al finalizar, esta vez sí acordaron reunirse para cenar en un reconocido restaurante que resultó estar en uno de los edificios diseñados por Pablo Armando. Para ese entonces Abreu ya había notificado a Rosa Irene de su interés por otra persona. Igualmente, Pablo Armando empezaba a distanciarse de Leticia, pues había concluido que era incapaz de hacerla cambiar la dirección que ella había elegido.

La cena fue el principio de una amistad que terminó en noviazgo. Pablo Armando se mudó a un apartamento distante al que compartía con Leticia y cercano al que Rosa Irene ocupaba. Pasando el tiempo, decidieron compartir sus vidas y rentaron un apartamento. La amistad y comprensión entre ellos abarcaba casi todos los aspectos de su manera de entender y resolver sus problemas diarios. Siempre podía preverse la pregunta, "¿Puedo ayudar en algo?"

Cierta vez que platicaban en la sala de su apartamento y la luz del sol entraba por la ventana, Rosa Irene notó que la luz se reflejaba en los ojos de Pablo Armando de una manera inusual. Los ojos de Pablo no tenían nada en especial y el color de ellos, quizás de un tono café pálido, tampoco tenía algo en particular, pero Rosa Irene aprovechó el momento y, con ternura en cada palabra, se atrevió a decirle:

—Oye, Pablo, ¡tú tienes ojos de gato!

La respuesta de Pablo Armando para tan extraña observación fue una amable sonrisa, y la invitó a tomarse un helado de pistacho, su favorito, en la nevería de la esquina.

Sus vidas transcurrían con normalidad cuando, cierto fin de semana de julio, nublado y lluvioso, decidieron visitar una ciudad cercana que gozaba ya de una super carretera que la unía con la capital, en donde ellos vivían. Con alegría empacaron sus haberes personales y abordaron su coche sin ningún presagio.

Todo marchaba bien. El aire entre los dos exhalaba unicidad de deseos, realidades y promesas. Nunca habían tenido altercados o discusiones banales; parecía que habían nacido el uno para el otro.

En una curva del camino y bajando una colina, aparecieron, casi de repente, tractores, camiones de construcción, y otros vehículos que estaban completando o reparando un trecho de la super carretera. Había arena suelta sobre la carretera, que se estrechaba a una sola línea de tránsito para los vehículos que bajaban de la colina. No había señales de anticipada advertencia para disminuir la velocidad antes de llegar a la curva, tales señales habían sido colocadas al salir de la curva y a sólo unos cuantos metros antes del primer vehículo de construcción.

Pablo Armando frenó de inmediato; las llantas del vehículo encontraron la superficie mojada y resbaladiza de la carretera que, peor aún, tenía pequeñas cantidades de arena escapada de los camiones de carga y esparcida por el viento y los otros vehículos que circulaban ese día en dirección a la ciudad que iban a visitar. Las llantas se deslizaron y Pablo Armando perdió el control del vehículo, que saltó sobre la media divisoria y, dando una voltereta, fue a caer en la dirección opuesta de la carretera, terminando su viaje al chocar con la valla metálica protectora de una zanja de unos quince metros de profundidad.

La valla metálica y la fortuna de que en ese instante no subían vehículos hacia la capital, les evitó un horrible desastre. En la voltereta, Pablo Armando vio cómo la carretera se acercaba a su cara a una velocidad indescriptible. Cerró los ojos y se afianzó al volante con toda la fuerza que pudo sacar del fondo de su ser. Sintió cómo la cabeza de Rosa Irene golpeaba contra la de él y en ese instante perdió toda noción de lo que pudo haber ocurrido después.

Despertó días después en la cama de un hospital de la ciudad y notó que no había sufrido daños corporales de gran seriedad que hubiesen comprometido algún órgano vital. Igualmente, Rosa Irene, quien estaba de pie al lado de él y dándole ánimos para que se levantara, parecía no haber sufrido golpes o heridas serias.

Escucharon la conversación de los doctores que acordaban que Rosa Irene y Pablo Armando no necesitaban ya de servicios médicos y que sus familiares podían transportarlos a su vivienda en la capital.

Al llegar a su apartamento, sintieron la extraña sensación de que ese apartamento era un poco diferente al que habían rentado y en donde habían vivido muchas horas felices. Los espacios parecían haberse agrandado y les era más fácil moverse de un lugar a otro. Adjudicaron la sensación a la posibilidad de haber perdido mucho peso durante su prolongada estadía en el hospital.

Revisaron sus pertenencias y las encontraron todas en su sitio, tal y como las habían dejado antes del accidente. Salieron a la calle y sus consciencias empezaron a transportarlos a vivencias anteriores a su accidente, impartiendo en su entender que podían decidir el momento exacto que deseasen seguir o explorar, aunque los condujese a una vivencia diferente a la que habitaban en ese instante. Tal sensación los llenó de alegría, pues juntos podrían recorrer rutas que siempre habían querido explorar pero habían decidido por otras diferentes. Igualmente se percataron de que sus decisiones de ir por esta o aquella ruta coincidían, o eran las mismas en el uno y en la otra. Esto también les alegró, después de la admiración que les produjo el suceso que estaba ocurriendo entre ellos.

Dejaron para más tarde las posibilidades de explorar juntos, en ese nuevo estado de consciencia que poseían, los caminos o rutas o vivencias que tiempo atrás habían cambiado al decidirse por otras que les parecieron mejores. Esto era así porque les habían notificado que sus familiares y amigos habían organizado una reunión y los estaban esperando en el salón de cierto lugar para celebrar sus vidas, tener la oportunidad de estar juntos nuevamente, y despedirlos por el próximo viaje que planeaban iniciar juntos como un merecido regalo después del terrible accidente que habían padecido.

En tal reunión, las añoranzas de momentos compartidos trajeron risas o lágrimas en los que decidieron hablar y en los que decidieron escuchar. Se hizo mención de lo nobles y buenos que habían sido y de las promesas de no olvidarlos hasta el momento que se volvieran a encontrar. Aun así, Rosa y Pablo notaron los saludos efusivos que se daban los unos a los otros, que contrastaban con la seriedad en los rostros de los asistentes cuando los tales se dirigían hacia ellos.

Fueron pacientes durante la reunión y escucharon, con una sonrisa en los labios, las comicidades que amigos y familiares dijeron sobre ellos, trayendo recuerdos de cuando hacían travesuras en sus juegos juveniles, de las riñas pasadas entre Pablo Armando y los que habían sido sus compañeros de escuela, del absurdo peinado que Rosa Irene usaba cuando entró a la escuela secundaria, etc., etc. Al final, todos los presentes les desearon la mejor de las suertes, además de bendecirlos por el próximo viaje que iban a iniciar juntos.

Rosa Irene y Pablo Armando permanecieron silenciosos durante las horas que ocupó la reunión, y al término salieron del salón sintiendo una paz interior que era inviolable por su fuerza y que era la manifestación de los unidos deseos de los presentes que tenía la virtud de derramarse sobre Irene y Pablo e inundarles el alma, como lo hace siempre la sinceridad del amor y la amistad entre aquellos que se han conocido por y durante las encrucijadas de la vida.

Capítulo III
LOS TÚMULOS DE LUZ Y LAS PAREDES OSCURAS

Ya en la calle, Rosa Irene y Pablo Armando contemplaron la inmensa ciudad que no terminaba de crecer, saliéndose de sus límites y extendiéndose a muchos otros municipios a su alrededor.

Su apartamento les pareció un punto ínfimo de referencia y ahí acordaron iniciar la aventura de explorar todos y cada uno de los lugares que podrían encontrar en su viaje. Tenían ya esa suprema posibilidad, reservada para las consciencias de las personas elegidas por el destino: la inmutable fuerza que rige y dicta lo que ha de pasar con cada uno de los mortales; aunque la libertad de nuestro albedrío es parte indispensable de esa fuerza, sabiéndolo o no, elegimos lo que nos ha de ocurrir. El futuro es, pues, el resultado de esa elección. Conclusión irremediable, pero en *el adelante*, el que está más allá de esa conclusión: el poder de la consciencia supera los límites impuestos por el destino y nos permite averiguar dónde pudo haber terminado una decisión, o la otra, o la otra, o la otra, *ad infinitum*.

El primer impulso en Rosa Irene y Pablo Armando fue el de viajar a países regidos por déspotas dictadores. Había un común denominador entre todos ellos: el engaño a su población para llegar al poder y consolidarse en él por la brutalidad de las armas. Ya en el poder no era necesario hacer promesas a los incautos que iban a experimentar las consecuencias por haberles creído sus patrañas. Al pasar por esos países, vieron reflejada en los semblantes de sus habitantes la impotencia y el arrepentimiento en los muchos, la resignación en los pocos; el sardonismo en los dictadores y sus compinches, la mediocridad reinante en la actitud hacia el trabajo y en el contemplar del futuro en la absoluta mayoría de los engañados que ahora se alegraban con obtener lo ínfimo para sobrevivir.

En los sometidos por esas dictaduras era palpable el conformismo de haber realizado sus vidas y llegado a la felicidad cuando se les notificaba que se les había otorgado el tan buscado merecimiento del sueldito y las dádivas del gobierno, "Ahora sí, ya tenemos el cupón para una libra más de azúcar, media docena más de huevos, diez rebanadas de pan, dos rollos de papel higiénico… de esta manera podríamos invitar al Supervisor del barrio a que venga a nuestra casa algún día y ofrecerle, 'Supervisor, ¿le gustaría una tacita de café? ¿Con azúcar o sin azúcar? ¿Qué le parece una rebanada de pan para acompañar su cafecito?' Porque, mujer, hay que ganarse la voluntad del Supervisor del barrio. Quién sabe si en la próxima reunión para anunciar los méritos que se darán a los vecinos del barrio y nos recompensa con un cupón para cuatro rollos de papel higiénico. De esa manera ya no tendríamos que usar las páginas interiores del Periódico Oficial que nos distribuyen cada dos semanas y en donde nos mencionan todas las extraordinarias obras que con gran esfuerzo está haciendo nuestro gobernante para beneficio a la población entera.

"Aunque te diré que una vez fui a la casa del Supervisor del barrio a notificarle que un vecino andaba hablando mal de nuestro gobierno y noté que él también tenía en su sala solamente las primeras páginas del Periódico Oficial y faltaban todas las páginas interiores de los periódicos. Yo no hice mención alguna del detalle y creo que el Supervisor del barrio me lo agradeció, pues en el siguiente mitin de vecinos me dieron el merecimiento de poder comprar un par de calcetines.

"Igualmente, con cuatro rollos de papel higiénico ya no sería necesario usar las hojas del arbolito de mango que tenemos en el patio, pero que este año nos dio muy poquitos mangos. Pues te lo he dicho mil veces, mujer, que los árboles de mango son así: ¡en cuanto menos hojas tienen, menos mangos van a producir!" Así se desarrollaba la vida en los sometidos y resignados a soportar las brutalidades del dictador. Y si el afortunado ha ganado una medalla olímpica, entonces se hace acreedor a una casita más grande, con un patiecito en donde pueda sembrar un naranjo o un limonero.

¿Y los nietos del dictador? ¡Con guardaespaldas veinticuatro horas al día y un palacete en París!

El dictador y su jauría usurpan todas las libertades; sólo ellos acumulan todos los derechos. No hay clemencia en el dictador. Pero tampoco hay paz en el malvado: siempre camina con su espalda pegada a la pared, siempre rodeado por los guardaespaldas del hampa, siempre temeroso de irse a dormir y no despertar jamás, siempre cambiando de residencia, para lo cual usurpa cuantas casas ajenas necesite. Así es nuestra América, siempre llena de traidores, ladrones y asesinos, siempre llena de corruptos y sobalevas, siempre llena de gobiernos falaces que conocen al dedillo la ignorancia de los pueblos y así les venden frasquitos de agua destilada con membretes de vacunas; siempre llena de estupideces, nimiedades, simplicidades y amor a lo fútil y lo superfluo; siempre llena de promesas que jamás se cumplen; siempre llena de caminos sin salida; siempre llena de las oraciones en el alma y en los labios de nuestras madres y de nuestras abuelas...

No hay clemencia en los dictadores.

En los ciudadanos sometidos a su poder sólo podía adivinarse la tenue, pálida y diminuta luz de la esperanza. Doscientos años de historia y entrada de nuestros pueblos en la conversación de los libres no son muchos comparados al milenario correr del hombre sobre este mundo. Quizás ahí se nos otorgue el impulso para enderezar el rumbo. Quizás por eso tendríamos que seguir esperando.

En su devenir por las inmensidades del continente, Rosa y Pablo empezaron a percibir los tintes de eternidad cuando, de improviso, salían a su paso túmulos de luz de los que ellos aún no adivinaban el significado.

El maravilloso fenómeno se sucedía cada cierta distancia en el transcurso del viaje, lo que les causaba admiración pero también les traía una sensación de bienestar incomparable. ¿Cuál sería el origen y el motivo de esos túmulos?, se llegaron a preguntar.

Ante el túmulo que parecía ser el más grande que habían encontrado, se detuvieron un momento impreciso y se abrazaron para llenarse, aún más, de la sensación de bienestar que emanaba del túmulo y se esparcía a su alrededor como un halo de buenaventura.

Eso les aseguraba que las cosas no estaban del todo mal en nuestra querida América, que había una indicación superior al fango que déspotas egoístas (inconfundibles uno del otro) habían sumido a millones de nuestros ciudadanos, y que aun así la fuerza exhalada de esos túmulos de luz les llegaba a sus consciencias como un torrente de palabras fecundas, aún no pronunciadas pero por pronunciar.

¿Cuál es ese sentimiento que augura buenas cosechas en los planteamientos del hombre frente a sus miserias? Quizás más adelante lo averiguarían.

Habían contemplado la inaudita pobreza y sufrimiento que resalta en las inmensidades del África, del Asia, del sur de las Américas, producto de la soberbia de unos cuantos y eso estremeció sus espíritus: la injusticia siempre ha estremecido a los espíritus. Contemplarla les hizo inclinar sus cabezas y, cabizbajos, continuaron su quehacer hacia su país natal.

De regreso a él decidieron, en lugar de quedarse ahí, cruzar la frontera norte y entrar a los Estados Unidos de América. La inmensidad de su territorio les impartió una confianza y seguridad de que tal país había sido hecho para la eternidad. Pero al ir avanzando por sus calles y ciudades empezaron a sentir el vago impulso que producen los presagios ominosos.

Algo estaba pasando, o algo estaba por ocurrir, en el bello país que plantó su bandera en superficies distantes, fuera del alcance de la envidia y fuera aun de la fuerza de la gravedad de nuestro hermoso planeta. Algo estaba pasando y haciéndose patente en el alma nacional.

Pudieron observar lo inverosímil: niños acribillando a otros niños en las escuelas, turbas de jóvenes insultando a otros jóvenes e impidiéndoles hablar en las universidades, hordas de jóvenes enmascarados irrumpiendo en propiedades o negocios ajenos y quebrando vitrinas para llenar sus bolsillos de joyas o sus enormes bolsas de plástico de ropa. Se leía la impunidad en sus actitudes y en sus risas celebrando sus fechorías. Se adivinaba la colusión en fiscales y jueces corruptos.

Algo pasaba en ese bello país, algo tenue pero profundo; algo que tergiversaba la doctrina de sus antiguos próceres y sus viejos dictámenes de justicia para todos: libertad para todos; igualdad para todos ante el Supremo Creador y ante los hombres. Algo pasaba que imbuía en la conciencia, en el alma de esa patria, se percibía el acecho de los pocos para llegar a lo de siempre: someter a sus caprichos a los demás, usando falsas banderas, falsas promesas para enarbolar el espectro de la cárcel para el que tuviese la osadía de oponerse.

Había que impedir esa marcha fúnebre. Había que regresar a lo sagrado, de donde surgió el núcleo joven más poderoso de la tierra.

Algo pasaba en ese bello país, algo tenue pero profundo. Parecía que el triunfo de lo superfluo y el triunfo de los mediocres con su amor a la pereza y a futilidades sin consecuencias estaba percolándose y produciendo un sopor en la audacia de los hombres que habían conquistado el espacio y la ciencia. Pero, como siempre, las sociedades en peligro esperan el surgir de un movimiento que sacudiera las conciencias para evitarles caer en un abismo sin fondo. Había que despertar a sus poetas y a sus sabios y a todos sus hombres de bien para enderezar el rumbo y dejar para el final, si la necesidad lo exigía, si el alma de la patria estuviese en peligro mortal, llamar al fiel general, el que puede desechar y reemplazar las zapatillas inútiles del bailarín por las botas del soldado.

Algo pasaba en ese bello país. Algo tenue pero profundo que llenó la consciencia de Rosa Irene y la de Pablo Armando de ominosos presagios.

Aunque Canadá estaba "ahí nomás", Rosa Irene sintió el deseo de regresar a Europa. La vieja Europa, cuna de la cultura que rige nuestras vidas, cuna de la sabiduría que ha transformado el mundo, pero también escenario de guerras y persecuciones con su cuota de millones de muertos. Ahí estaban las naciones viejas; con Rumanía, la isla latina en el centro del turbulento mar eslavo; la bella Croacia desde siempre defensora del cristianismo; la antigua Bulgaria con su prehistoria aún por descubrir; la rígida

Polonia, vencedora sobre una insolente esclavitud y ahora la punta de lanza en contra de las embestidas de Oriente, la gloria de Polonia es de larga duración y la fuerza de su espíritu será siempre indomable; los países nórdicos, ahora convertidos en los más ricos del mundo gracias a su enjundia y solidez de carácter; la antiquísima Serbia, cogollo de los etruscos y de donde arrancó la estirpe que se estableció en las riberas del Latio para luego esparcirse con su lengua y su espada y envolver el Mediterráneo, formando el imperio más poderoso del mundo antiguo, el Romano, cuya influencia hizo el molde que aún dirige nuestra cultura y nuestras vida, y más aún, ha sido el imperio que dividió las edades y las ha definido: cuándo termina la una y cuándo empieza la otra.

Bella Europa, Bella Europa, conoces de guerras e infortunios a través de tu historia, aunque muchas veces has sido favorecida con la fortuna de la intelectualidad, la que se consigue con el trabajo arduo y fecundo de unos pocos y que acaba por percolarse en las viviendas de los muchos.

Alemania, Alemania, la querida Alemania.

Madre Rusia, Madre Rusia, qué has hecho en estos días, y en los días pasados, y en los días antepasados. Aún llegan y se escuchan los retumbos de cañones en el espacio infinito donde habitan los ángeles.

No te excuses Europa, Bella Europa. Sabemos de tus trazos, tu viejo caminar a través de los siglos. Nunca has tenido paz que te dure un segundo, una generación, una propuesta para acallar la muerte de tus hijos. ¡Ah, Europa! Bella Europa, donde surgió la tangente que hizo más grande el mundo, la que ideó el acertijo que originó la ciencia, lugar donde ha nacido la estirpe de los sabios, los genios que pintaron el alma, la angustia, la fiereza del hombre, su orgullo, su impotencia ante la muerte, su búsqueda imperante para explicar lo inexplicable, para acallar con música el rugir de la muerte y sumirla en la distancia, donde sólo se escuchan las notas eternas y sublimes de Bach y de Beethoven.

Llegaron a Alemania con un entendimiento de eternidad que es común en la atmósfera que prevalece en Europa. Antes de avanzar se abrazaron despacio y en silencio, como lo habían hecho anteriormente en su viaje por América. En sus pasos volvieron a encontrar pequeños y enormes túmulos de luz y pudieron, finalmente, descifrar su significado: eran los que anunciaban el nacimiento de los genios y profetas que cambiaron el pensar y el sentir de los hombres. Ante tal apariencia se detenía el universo, pues parecía deleitarse al saber que de él había surgido algo invencible.

Nadie puede vencer a los milagros. Por eso había siempre paz cuando aparecían esos túmulos. Rosa Irene y Pablo Armando fueron testigos de esa paz y la admiraron cuando pudieron experimentarla en su camino. Pero también la angustia se reflejó en sus semblantes cuando escuchaban los llantos y gemidos que ocasionaban las guerras. ¿Desde cuándo estuvo ahí el espectro de la guerra? Fue difícil apreciarlo, aunque se hostigaron por mirar hacia atrás, al surgir de la vida, la ideación de los primeros alfabetos, de las primeras leyes, de los primeros odios. Fue difícil contemplar la esfumación del arte y sus conquistas, la extirpación de una risa infantil por una mano cruel, el trayecto de un proyectil lanzado desde lejos para destruir la vida, proyectil que es siempre la encomienda del tirano.

Les era obligatorio dirigir los pasos hacia el sur de Europa, a Italia. La Eterna Italia, creadora de múltiples culturas, razas, naciones, sueños y leyendas. Se sonreían al ver la fachada de virilidad de los cuantos contrastar con la suprema pero calmada y silenciosa virilidad de los muchos, los que llevan en las fibras de su ser el paso austero, firme, orgulloso e invencible del antiguo romano, el que erigió ciudades y empedró los miles de caminos y veredas que siempre conducen a Roma. De ahí salió la historia, la ley y la justicia prevalente en la enseñanza del instruido, del que sabe su origen y también su futuro. De ahí salió el idioma transformador de las ideas que ahora ocupan nuestro vivir, nuestra razón de ser.

En el Foro Romano vieron desfilar a los victimarios y las víctimas, los cobardes y los héroes, los religiosos y los paganos; los que vivieron nada más para el momento de gozar por la pérdida de sangre y el escape de la vida de los martirizados para el orgullo de un César y aquellos que llegaron a ocupar los estrados de los santos. Las calles de Florencia y sus museos con el David de Miguel Ángel y sus frescos en la Sixtina; los templos de Hércules y de Artemisa, la columna de Trajano y su victoria sobre los antiguos serbios: la ironía de saber que su estirpe, su linaje, provino del etrusco. La inmensidad solemne de una catedral: la de San Pedro.

Todo parecía prolongarse y permanecer escarpado en la perennidad de Italia; aun en la puerilidad de un partido de fútbol, todo es eterno en la Eterna Italia. Nuestra Italia.

En Italia, Rosa Irene y Pablo Armando empezaron a revisar los cambios de los que su consciencia los estaba haciendo partícipes. Todo empezó a sentirse diferente después del accidente. Sí, entendían que su origen natural estaba en América. De ahí venían ambos. Su paso por América les coligió de esmero y entusiasmo por encontrar razón a su destino.

Estaban solos en algún lugar del mundo que entendieron se llamaba Italia. Sentían que su viaje y llegada a ese lugar había ocupado un brevísimo tiempo del que les faltaba por usar. Estos nuevos sentimientos en sus consciencias no tenían nada que ver con el hecho de que no sentían apetito de saborear manjares de ninguna clase. De hecho, se dieron cuenta de que no habían ingerido alimento desde el día del accidente, pero esto no les llamó mucho a la curiosidad, pues siempre habían sido parcos en el comer. Empezaron a darse cuenta de una interrogante extraordinaria: ¿Era posible que el accidente los hubiera transportado a una dimensión exclusiva para ellos dos?

A su alrededor no había nadie similar a ellos, pero no se sentían solos.

—Hemos nacido el uno para el otro —se dijeron muchas veces antes del accidente.

Algo nuevo que también percibieron al ir avanzando por los espacios de Europa fue que el eco de nuestros pasos y aun el murmullo de nuestras voces no se pierden, que se quedan impresas en algún rincón del tiempo y para siempre. ¿Pues cómo era posible escuchar las arengas de Napoleón a sus soldados cuando su viaje, el de Rosa y Armando, los llevaba sobre las praderas de Francia y las llanuras de Bélgica a la última batalla del emperador francés en contra del genio militar de los ingleses? ¿Cómo era posible escuchar el leve chapaleo que produjo el rozar de las manos de Poncio Pilatos al lavarse las manos en el último día de Cristo en esta tierra? ¿Cómo era posible escuchar la sentencia de Isaías al definir la paz entre los hombres, "No quebrarás la caña cascada ni apagarás la mecha que aún humea", o su increíble visión de lo que guardan los siglos venideros al escribir, como un grito, ciento sesenta años antes de que naciera el persa, emperador del mundo antiguo y decirle, "¡Ciro, Ciro, te llamo por tu nombre para que sepas quién soy!"?

Por las experiencias que Rosa Irene y Pablo Armando iban atravesando, podía deducirse que la consciencia, facultad primordial del hombre, se lleva en nosotros hasta siempre, no importa el traslado que suframos; su percibir se queda con nosotros y nos hace saber de lo que fuimos antes. Es el requisito para permanecer, es el indeleble sello que nos identifica y nos separa de los demás. Aun allá adelante, más allá de los sentidos, la consciencia nos da nombre y alcurnia.

Ahí, en ese momento de consciencia, Rosa Irene y Pablo Armando pudieron identificarse. Parecían ser uno solo, aunque pequeñas diferencias les hacían conscientes de que uno de ellos era Rosa Irene y el otro era Pablo Armando. Había un retiro entre ellos, pequeñísimo pero apreciable para la persistente consciencia que sería parte de ellos hasta el final de los tiempos.

¿Y si el tiempo no pasó? La confianza que llevaban les llenó de ternura del uno para el otro, pues de inmediato supieron que el no haber hecho mal contra nadie les impartía la trascendencia hacia la verdad, sin arrastrar explicaciones.

Habían sido buenos. La recompensa era siempre la misma para todos: la consciencia les aseguraba que había que esperarla sin temor. Pero aún en ese estado de perennidad no podía asumirse que la consciencia individual iba siempre a dirigirse a lo perenne. No, nunca. Ellos estaban experimentando los empujes de sus consciencias hacia avenidas y parajes siempre cambiables, y los llenaba de satisfacción haber podido recorrerlos juntos y regresar al punto de partida. Eso era lo extraño e imposible de cambiar: siempre regresar al punto de partida para poder decidir por la avenida siguiente, el paraje siguiente por recorrer... *ad infinitum.*

Empezaron a darse cuenta de que la eternidad es eso: estar en la posibilidad de seguir hasta su final todos los caminos que cada segundo se abrieron a su paso, pero decidieron ir por otros que les parecieron mejores. En la eternidad se pueden resolver todas esas dudas al experimentar todas las vivencias que pudieron haber ocurrido en el recorrido de todos los caminos que ignoramos por seguir el que nos pareció mejor. Y si cada segundo de nuestras vidas nos permite tomar decisiones para elegir éste o aquél camino, la eternidad nos permite explorar hasta su final todos los caminos que cada segundo se presentan ante nosotros y los cuales hemos antes ignorado. ¿Y cuántos segundos hay en nuestras vidas? ¿Y cuántos segundos hay en una eternidad?

La eternidad sólo ofrece un *adelante,* aunque nunca se llegue. No hay opciones. La oportunidad que se nos da está en el sentimiento o en la voluntad que ocupó nuestras vidas.

Rosa Irene y Pablo Armando llenaron sus regazos de buenos sentimientos, de buena voluntad, por eso estaban juntos, por eso decidieron tomarse de las manos y unirse en un abrazo feliz, indiscutible. A su lado estuvo siempre la esperanza que acumula preseas para pagar el palco al escenario donde corren los capítulos que componen nuestros minutos, nuestros días, nuestras vidas. Pero había que seguir. Había que caminar cada segundo que fue dejado atrás, en lo que pudo ser, y encontrar su final. No puede argumentarse. No hay opciones.

También era notable que en ese nivel de consciencia era permitido enmendar la sentencia poética del genio andaluz y decir, en su lugar:

Caminante, sí hay caminos
Como estelas en la mar

En un momento, Rosa Irene y Pablo Armando acordaron explorar todos los caminos que habían ignorado pero que les metían en la consciencia la duda y la pregunta de si alguno de esos caminos ignorados pudo haberlos llevado a un final y porvenir feliz e incomparable.

Irene emprendió el recorrido de uno de esos caminos, el que se presentaba como el que empieza cuando llegó al Palacio de Bellas Artes acompañada del taciturno Damián Abreu, quien había sugerido retirarse antes de que se completara la exposición de las pinturas de Van Gogh. Ella había decidido quedarse un rato más y admirar la exposición completa, lo que despertó el disgusto de Damián, quien decidió retirarse a su casa, él solo, decisión que resultaría en una despedida final a la oportunidad de que él e Irene compartieran una vida juntos, pues momentos después de salir Damián del palacio había llegado Pablo Armando y hecho los consabidos comentarios sobre una de las obras de Van Gogh, lo que dio motivo a que Irene respondiese con sus propios comentarios, dando así origen al principio de su amistad con Pablo Armando.

Rosa Irene también recorrió el camino en donde no se quedó un rato más en el Palacio de Bellas Artes, sino que salió junto a Damián, rumbo a la casa que compartían, en donde ella visualizó innumerables errores en la conducta de Damián y, al final de ese camino, se encontró con una pared oscura e impenetrable que la obligaba a regresarse al punto de partida. Irene recorrió, así, muchos de esos caminos que parecían poder terminar en un estado de felicidad o satisfacción duradera, pero que sin embargo terminaban en algo similar: sin hijos, con desconsuelos, soledad interminable, y contra una pared oscura e impenetrable que impedía dar un paso más y obligaba a regresar al punto de partida.

Por su parte, Pablo Armando recorrió el camino que le correspondía, el que empezaba unos segundos antes de que hiciera el comentario sobre la pintura de Van Gogh y oír, a su vez, el comentario de Rosa Irene. En esos segundos antes de hacer su comentario sobre la famosa pintura "El Cielo Estrellado" de Van Gogh, Pablo Armando atravesaba por momentos angustiosos: tenía problemas en su empleo y su novia no había querido acompañarlo a la exposición de pinturas.

—No tengo ningún interés en ese tipo de pinturas —había sido la tajante contestación de Leticia a la invitación que Pablo le hacía.

Por ese camino Pablo vio una vida de zozobra junto a una mujer egoísta, con irrupciones de su conducta en manifestaciones extrañas, tales como llorar sin motivo o gritar con motivo. La influencia del uso de drogas prohibidas le estaba minando la personalidad y empujándola a un desierto tan inmenso que le sería imposible salir de él. Pablo Armando llegó al final de ese camino desgarrado en el alma, sin nadie a su lado, sin trabajo, vencido por la vida y frente a él una pared oscura, impenetrable, que impedía ver el más allá y obligaba el regreso al punto de partida.

Cercanos uno del otro, advirtieron que su ruta juntos había sido la mejor de todas, pues entre ellos se compartía y distribuía la trama de hilos indelebles que produce el amor.

Un poco más adelante los recibió la inmensidad de un valle sin final. Llegaron a un punto donde encontraron un letrero tan viejo como el principio del mundo, en donde podía leerse en todos los idiomas del universo, entendibles para todos: <Y EL TIEMPO NO PASÓ>.

Epílogo

Y HABLA
EL POETA

E scuchad:

"Todo engendró la voz. Todo nació de un grito convertido en espuma".

Se encumbra el pensamiento en el arpegio del genio.

Hay que verlo llegar con su maletilla al hombro buscando refugio en las estrechas callejas y oscuras buhardillas.

En las grandes ciudades se ha ocultado y su final o su principio no lo circunda el torbellino de los números.

Detrás o más allá de lo imposible descifra el vocabulario que define la belleza.

El sello de su infancia.

El pergamino que lo aparta del lenguaje mundano y comprensible.

¿Para qué hablar de cosas "importantes" cuando nadie, o casi nadie, endulza su infortunio o acalla el tumulto de su alma con el sutil lenguaje de las aves?

En las sublimes notas de la música encuentra su solaz y su escondite y con la punta de sus dedos va trazando desconocidos rumbos para hacernos sentir nuestro valor, nuestra nobleza.

Pero él siempre queda atrás para señalar caminos que descubrió en la fertilidad del sueño; su sueño, el ímpetu que empuja a dejar lo notable por lo que nunca ha sido, pero por él será; por él será palpable y corregido por aquél que se atreva a corregirlo.

Perturbación del alma, única y sublime. Hecha para una historia nunca escrita, amoldada en un himno no escuchado todavía.

Composición de frases que definen la vida de hoy y de mañana.

¿Quién puede competir con esa fuerza?

¿Quién se puede atrever a sumergirlo en una cárcel?

¿Quién tiene la osadía de imitarlo o robarle una palabra, una nota, una esquirla de su esfera?

Perdón si no lo entiendes.

Perdón si te confundes.

El salto al infinito no puede llevar sombras que lo estorben. Mejor quedarse aquí. Lo rutinario es bueno: no percibe el dolor que produce la creación de un mundo, de un porvenir cercano donde cabemos todos, aun los que han dudado, aun los que acallaron el sutil lenguaje de las aves.

De Rosa Irene y Pablo Armando se supo que estuvieron en el sitio en donde está marcado el privilegio de haber sido. El encontrarse fue justo y necesario para calmar la injusticia del destino. De su abrazo feliz pudimos adivinar que la felicidad existe, que nuestra posesión es el saber que seremos distintos aunque ya no cambiemos y seamos los mismos.

Ya no hay finales. Ya lo hemos definido.

Desde aquí podemos aún ver las espaldas de Rosa Irene y Pablo Armando alejándose, despacio.

Viaja con ellos.

Atrévete.

NOTA DEL AUTOR

Y *el tiempo no pasó* es el tercer libro de la trilogía *Sobre el derecho a la paz*. Su principio poético se establece en frases como, "Todo engendró la voz. Todo nació de un grito convertido en espuma", y en la oferta del existir de un espacio azul en donde casi todo es posible, incluyendo el sueño de todos: una paz duradera que se intuye en el primer libro, *Los cuentos de los presagios*, en el percibir de la Luz como símbolo de una esperanza para el mundo que soporta injusticias y los horrores de la guerra; esperanza que brotó antes que la vida misma.

El genio del hombre, los científicos en el segundo libro, *Del origen de La Luz*, alude al conocer del presente para darle al mundo el origen de esa luz, la cual encierra un inmenso tesoro, listo para distribuirse entre todos los seres humanos para traerles riqueza, bienestar, y evitar así la envidia y los conflictos que terminan en guerras y la pérdida de valiosas vidas.

La propuesta para obtener una paz duradera entre los pueblos se enuncia en este tercer libro, *Y el tiempo no pasó*, en donde se describen los caminos de una pareja ideal que nunca hizo daño a nadie. Aquí se aduce al potencial del espíritu del hombre (varón y hembra) para transportarse al espacio ideal, el poético azul, en donde se cumple el deseo del mundo: una paz duradera en donde el tiempo no pasa.

La trilogía sobre el derecho a la paz (el que tenemos todos):

1. *Los cuentos de los presagios*
2. *Del origen de La Luz*
3. *Y el tiempo no pasó*

Para saborear el transcurso de la idea, de la propuesta, y llegar a su final feliz, hay que seguir el orden.

"Albarda, escudo y lanza. Ese es el orden, Sancho".

ACERCA
DEL AUTOR

El Dr. Roberto Arévalo Araujo MD, FACP (Renato Bettio), nació en El Salvador. Al terminar su bachillerato fue a México a continuar sus estudios y se graduó como Médico y Cirujano de la Facultad de Medicina de la UNAM, en el Distrito Federal, en 1970. Luego hizo tres años de Medicina Interna en el Oakwood Hospital (Dearborn, MI) y en el Colegio de Medicina y Dentistería de New Jersey (CMDNJ). Prosiguió, por tres años más, sus estudios en la Subespecialidad de Hematología y Oncología Médica, en el mismo CMDNJ. Está certificado (Board Certified) en Medicina Interna, al igual que en Hematología y en Oncología Médica.

Es *Fellow* del Colegio Americano de Médicos (FACP). Es fundador del Centro de Cáncer y Hematología del Condado de Pasco y Pinellas, en Florida, USA, centro que incluye radioterapia y quimo-inmunoterapia. Es Fundador de la Medical Mission of Mercy/ Medical Mission International, que tiene el objetivo de llevar, gratuitamente, ayuda quirúrgica, oftalmológica y médica a los pacientes indigentes del este de El Salvador, labor que fue reconocida por el Congreso de El Salvador y fue nominada, en el año 2002, para el Premio Nobel de la Paz en favor de la Misión Médica (Mission of Mercy).

El Dr. Roberto Arévalo Araujo, conocido como Renato Bettio, es un médico salvadoreño especializado en Hematología y Oncología. Fundó un centro de tratamiento contra el cáncer en Florida y la Medical Mission of Mercy, brindando atención gratuita en El Salvador, lo que le valió una nominación al Nobel de la Paz en 2002. En su libro, narra historias de impunidad y pobreza en Centroamérica, destacando la resiliencia y fe de quienes, pese al sufrimiento, siguen aferrados a la vida.

Los cuentos de los presagios

ISBN Pasta blanda: 978-1-63765-650-1
ISBN Pasta dura: 978-1-63765-628-0
Precio pasta blanda: $14.95
Precio pasta dura: $21.95
Número de páginas: 134

Este libro sigue el camino de un sueño que nace en la juventud del autor y se refleja en sus poemarios Añoranzas y Ausencias. A través de historias como La Luz y El origen de la luz, aborda la lucha contra la impunidad y la pobreza, imaginando un hallazgo capaz de transformar a la humanidad. Las comadres retrata la sabiduría popular, mientras que Aventuras en poesía es un regalo para quienes aún sueñan.

Del origen de La Luz

ISBN Pasta blanda: 978-1-63765-612-9
ISBN Pasta dura: 978-1-63765-624-2
Precio pasta blanda: $19.95
Precio pasta dura: $27.95
Número de páginas: 264

www.ingramcontent.com/pod-product-compliance
Lightning Source LLC
Chambersburg PA
CBHW071143250626
47159CB00006B/2277